P9-AQB-033

# Cosas que me gustan

## Anthony Browne

LOS ESPECIALES DE

*A la orilla del viento*

FONDO DE CULTURA ECONÓMICA
MÉXICO

Anderson Elementary
Library

Éste soy yo

y esto es lo que me gusta:

Pintar...

y andar en mi triciclo.

Jugar con juguetes,

y disfrazarme.

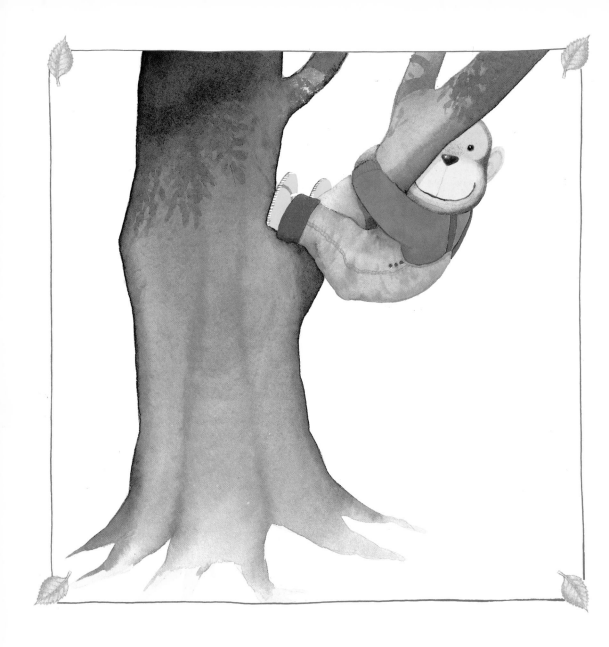

Subirme a los árboles...

y patear una pelota.

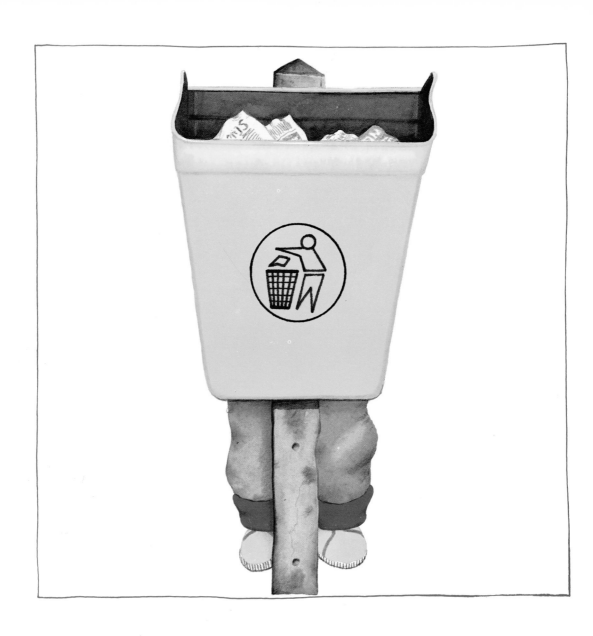

Esconderme...

y hacer acrobacias.

Construir castillos de arena,

y chapotear en el mar.

Hacer un pastel…

y ver la televisión.

Ir a fiestas de cumpleaños

y estar con mis amigos.

Anderson Elementary Library

Bañarme en la tina...

oír un cuento antes de dormirme…

y soñar